OBJETS D'ART

D'AMEUBLEMENT

TABLEAUX — BRONZES

Tapis d'Orient

VENTE

HOTEL DROUOT, SALLE N° 11

LE MERCREDI 13 MAI 1914

à deux heures

Me RENÉ LYON
COMMISSAIRE-PRISEUR
29, rue Le Peletier

M. H. LEROUX
EXPERT
52, rue du Faubourg-Montmartre

EXPOSITION PUBLIQUE

Le Mardi 12 Mai 1914, de 2 heures à 6 heures

CONDITIONS DE LA VENTE

Elle sera faite au comptant.

Les adjudicataires paieront *dix pour cent* en sus des enchères.

Paris. — Imp. de l'Art, Ch. Berger, 41, rue de la Victoire.

DÉSIGNATION

MEUBLES

1 — Ameublement de salon, de style Louis XVI, en bois sculpté et doré, composé d'un canapé et six fauteuils, recouverts en tapisserie d'Aubusson à fleurs.

2 — Table, de style Louis XVI, en bois sculpté et laqué.

3 — Deux bergères, de style Louis XVI, en bois sculpté et doré, recouverts en soie brochée.

4 — Armoire en noyer à moulures. Époque Louis XIII.

5 — Commode, d'époque Louis XV, en bois de violette, ornée de bronzes.

6 — Buffet bas en chêne sculpté. Époque Louis XV.

7 — Secrétaire formant lit.

8 — Bahut en chêne sculpté.

9 — Deux fauteuils, de style Louis XIV, en bois sculpté et doré.

10-11 — Deux bergères à oreilles, de style Louis XVI.

12 — Quatre fauteuils, de style Henri II.

13 — Quatre chaises, de même style.

14-15 — Deux bahuts en chêne sculpté.

16 — Coffre-banquette en chêne sculpté.

17 — Table de jeu en marqueterie. Genre Boulle.

18 — Table, de style Henri II.

19 — Banquette en noyer sculpté, garnie en tapisserie.

20 — Banquette-pouf, garnie en velours.

21 — Piano en palissandre, de *Herz*.

22 — Piano de *Gaveau*.

23 — Ameublement de chambre à coucher en noyer sculpté, de style Louis XV, composé d'une armoire à trois portes à glaces, d'un lit de milieu et d'une table de nuit.

24 — Lit en cuivre et sa literie.

25 — Baignoire en fonte émaillée avec chauffe-bains et accessoires.

26 — Six fauteuils en noyer sculpté, du Consulat.

27 — Armoire garde-robe anglaise.

28 — Petit écran en noyer sculpté, de style Louis XVI.

29 — Petite table en marqueterie, de style Louis XV.

30 — Petit bureau en bois de teck, orné d'incrustations d'ivoire. Travail chinois.

31 — Table à ouvrage en marqueterie de bois.

32 — Tabouret en moucharabieh. Travail de Damas.

33 — Guéridon en bois peint, à personnages. Travail italien.

34 — Armoire normande sculptée.

35 — Petite table, de style Louis XV.

36 — Canapé garni en velours.

*

37 — Fauteuil-confortable, garni en velours.

38 — Lit en noyer sculpté.

39 — Table de nuit en noyer sculpté.

40 — Table milanaise en bois noir incrusté d'ivoire.

41 — Bahut de salon en marqueterie. Genre Boulle.

42 — Ameublement de salle à manger en noyer sculpté et ciré.

42 — Armoire à glace en bois noir sculpté.

44 — Porte-manteau en noyer sculpté.

45 — Ameublement de chambre à coucher, de style Louis XV, en noyer sculpté et ciré, composé d'une armoire à deux portes à glaces, d'un lit de milieu et d'une table de nuit.

OBJETS D'ART
CURIOSITÉS

46 — Partie de campagne. Statuette en bronze, par DUSSART.

47 — Jeanne d'Arc. Buste en bronze patiné, par DUSSART.

48 — Premier chagrin. Statuette en marbre, par ROSI.

49 — Porteuse d'eau. Statuette en marbre, par ROSI.

50 — Gardeuse d'oies. Statuette en marbre, par le même.

51 — Modestie. Buste en marbre de Carrare.

52 — Importante garniture de cheminée : pendule et candélabres, de style rocaille, en bronze doré.

53 — Pendule en bronze patiné et bronze ciselé et doré. Époque du Premier Empire.

54 — Garniture de cheminée : pendule et candélabres en bronze ciselé et doré.

55 — Lustre en cristaux.

56 — Paire de grands vases en porcelaine du Japon, décor de fleurs en bleu.

56 *bis* — Paire de vases en ancienne faïence de Nevers, décor à paysages.

57 — Paire de gaines en marbre blanc et rouge.

58 — Deux lampadaires en porcelaine, ornés de cristaux.

59 — Paire de potiches en porcelaine de Chine, décor à fleurs.

60 — Lustre hollandais, de style Louis XIII

61 — Lampadaire en bronze.

62 — Six appliques en bronze et cristaux.

63 — Paire de vases en bronze.

64 — Paire de vases en émail cloisonné du Japon, fond noir.

65 — Paire de vases en émail cloisonné du Japon, fond turquoise, décor à fleurs et insectes.

66 — Coffret à bijoux en émail lisse.

67 — Paire de gargoulettes en bronze, décor d'oiseaux en relief.

68 — Panneau en laque japonais, orné d'incrustations d'ivoire : personnages et insectes.

69 — Lustre hollandais. Époque Louis XIII.

70 — Lanterne en cuivre ciselé. Travail de Damas.

71 — Trois jardinières. Travail de Damas.

72 — Quatre coupes. Travail de Damas.

73 — Petit vase en émail de Canton fond vert, décor à fleurs.

74 — Glace à main en émail de Canton, décor à fleurs et personnages.

75 — Potiche en porcelaine de Chine, montée en bronze.

76 — Paire de vases en porcelaine de Chine bleu fouetté, à médaillons.

77 — Deux cornets en porcelaine de Chine, fond vert : décors arabesques, fleurs et oiseaux.

78 à 80 — Pot à crème et quatre petits vases en émail.

81 — Deux jardinières en porcelaine de Dresde, sujets : pastorales.

82 — Boite et corbeille en porcelaine de Dresde, décor de fleurs.

83 — Fusil arabe.

84 — Fusil ancien japonais.

85 à 87 — Deux sabres et un poignard japonais.

88 — Cinq couteaux et poignards persans.

89 — Cinq poignards, et flissah arabes et marocains.

90 — Panneau formé de masques grotesques en bois sculpté. Travail japonais.

91 — Léopard en bronze.

92 — Paire de vases en bronze japonais; anses à chimères.

93 — Théière en porcelaine de Chine, décor de fleurs.

94 — Paire de vases en porcelaine de Chine, décor bleu à personnages.

95 — Corbeille en porcelaine de Nankin.

96 — Paire de potiches à thé en porcelaine de Chine bleu turquoise.

97 — Deux cornets en porcelaine de Chine, émail vert.

98 — Paire de vases en bronze niellé. Travail japonais.

99 — Vase en faïence de Satsuma, décor à personnages.

100 — Théière en Satsuma, décorée au dragon.

101 — Trois assiettes en ancienne porcelaine de la Compagnie des Indes.

102 — Cornet en ancienne porcelaine de Chine, décor à fleurs. Kang hi.

103 — Petit vase en ancienne porcelaine de Chine, décor à fleurs.

104 — Service à thé en porcelaine de Paris. Époque Louis-Philippe.

105 — Paire de landiers en fer forgé.

106 — Paire d'appliques, forme carquois, de style Louis XVI. A l'électricité.

107 — Plafonnier, de style Louis XVI, en bronze et cristaux. A l'électricité.

108 — Paire de vases en porcelaine de Chine, à décor de polychrome, de fleurs et d'oiseaux.

109 à 111 — Trois brûle-parfums en bronze japonais.

112 — Deux assiettes en porcelaine de Chine, décor à personnages.

113 — Théière en émail cloisonné polychrome et or.

114 — Sucrier en émail cloisonné polychrome et or.

115 — Deux tabatières en émail.

116 — Divinité siamoise en bronze.

117 — Petit brûle-parfums en bronze cloisonné.

118 — Paire de vases, forme gourde, en porcelaine de Chine, à doubles médaillons de fleurs et d'oiseaux en polychrome.

119 — Paire de potiches en porcelaine de Chine, à décor polychrome de fleurs et d'oiseaux.

120 — Paire de vases, forme gourde, en porcelaine craquelée de la Chine, à décor bleu.

121 — Vase en grès de la Chine : Ibis.

122 — Divinité en grès de Bizen.

123 — Magot en grès de Bizen.

124 — Dame de qualité. Statuette en porcelaine du Japon, polychrome.

125-126 — Deux jardinières en porcelaine de Chine, à décor polychrome.

127 — Paire de vases en faïence hollandaise, décor à personnages.

128 — Coupe à fruits en porcelaine de Vienne.

129 — Deux statuettes : Chinois en porcelaine allemande.

130 — Groupe : Personnages Louis XVI, en porcelaine allemande.

131 — Sucrier en porcelaine de Vienne, à fleurettes.

132-133 — Deux bonbonnières en émail.

134 — Buste de Jules Ferry. Biscuit de Sèvres.

135 — Paire de vases en porcelaine décorée.

136 — Deux buires en faïence, décor bleu à fleurs.

137 — Paire de potiches en porcelaine de Chine, décor à personnages en polychrome.

138 — Paire de potiches en porcelaine de Chine, décor de fleurs en blanc sur fond bleu.

139 — Service de toilette en porcelaine de Nankin.

140 — Paire de vases, de forme aplatie, en porcelaine de Chine, à doubles médaillons de fleurs et d'oiseaux.

141 — Vase en faïence, décor Marseille, à personnages.

142 — Paire de flambeaux en bronze doré.

143 — Deux candélabres à l'électricité en bronze japonais, formés par des chimères.

144 — Lampe à l'électricité en porcelaine de Copenhague.

145 — Lampe à l'électricité en bronze émaillé.

146 — Vase en verre gravé, de *Gallé de Nancy*.

147 — Deux amphores de style antique, montées en bronze.

148 — Paire de vases à pharmacie en faïence italienne.

149 — Paire de potiches en porcelaine, décor à personnages.

150 — Deux petits bustes d'enfants en porcelaine allemande.

151 — Marie Antoinette, buste en terre cuite.

151 *bis* — Paire de grands vases en faïence d'Awata, décor à personnages sur fond or.

TABLEAUX

152 — Berghem (École de). Paysage avec figures.

153 — Delpy (J.-C.). Bord de rivière. Soleil couchant.

154 — École anglaise. Jeune femme lisant. Pastel.

155 — École flamande. Portrait de femme.

156 — École flamande. Portrait d'homme.

157 — École française. Portrait de femme. Cadre sculpté.

158 — École française. Jeune fille tenant un bouquet.

159 — École hollandaise. Quatre tableaux : Scènes de cabaret.

160 — École hongroise. Prisonniers politiques.

161 — École italienne. Quatre toiles décoratives : Paysages.

162 — Lancret (École de). Pastorale.

163 — Gravure en noir : Portrait de Louis XVIII.

164-165 — Quatre gravures en noir.

166 — Gouache : Pastorale.

167 — Photogravure, d'après Hofmann : Les Noces de Cana.

168 — Quatre broderies anciennes encadrées : Personnages.

ARGENTERIE

OBJETS DE VITRINE

169 — Service à toilette en cristal taillé, monture en argent ciselé, comprenant : un grand flacon, deux autres plus petits, une boîte à brosses, une boîte à savon et une boîte à poudre.

170 — Carafon à liqueurs en cristal dégradé, vert, monté en argent ciselé.

171 — Encrier en cristal blanc et argent guilloché.

172 — Pelle à fraises, manche argent, de style Louis XV.

173 — Cuiller à sucre, manche argent, de style Louis XV.

174 — Cuiller à sauce, manche argent, de style Louis XV.

175 — Bonbonnière en cristal, couvercle argent ciselé.

176 — Deux porte-mines en argent.

176 *bis* — Passoire à thé en argent.

177 — Coffre en chêne contenant environ cent quatre-vingt pièces, service de table en métal argenté.

178 — Autre écrin contenant vingt-quatre cuillers, trente-neuf fourchettes et quinze couverts à dessert en métal argenté.

179 — Réchaud ovale, cloche et plateau, en métal argenté.

180 — Paire de candélabres, de style Louis XV, en bronze ciselé et argenté.

181 — Paire de ragots, de style Louis XV, en bronze ciselé. A l'électricité.

182 — Service à thé, de style Louis XVI, et plateau en métal argenté et gravé.

183 — Coupe en métal argenté.

184 — Six porte-bouquets en cristal; montures dorées.

185 — Quatre carafes montées en métal argenté.

186 — Pitong en ivoire sculpté. Travail chinois.

187 — Boîte en ivoire sculpté. Travail chinois.

188 — Mousmé en ivoire sculpté. Travail japonais.

189-190 — Deux groupes d'artisans, ivoire et bois sculpté. Travail japonais.

191 — Veilleur de nuit. Statuette en ivoire sculpté. Même travail.

192 à 197 — Dix netzukés.

198 à 204 — Douze netzukés anciens, en os et bois sculpté.

205 à 206 — Deux figurines en ivoire de morse.

207 — Éventail japonais peint à figures, monture en ivoire, orné d'incrustations de nacre, fleurs et insectes.

208 — Éventail, de style Louis XIV, peint à la gouache : scène familiale.

209 — Éventail en application ; monture en écaille blonde.

210 — Éventail, de style Louis XVI, orné de peintures sur ivoire : pastorale et paysage.

211 — Face à main et jumelle en nacre.

212 — Boîte à bijoux, ornée d'une miniature sur ivoire.

TAPIS D'ORIENT

TENTURES

213 — Tapis de Smyrne, fond crème, à médaillon et bordures polychromes.

214 — Tapis persan, fond bleu, à fleurs et bordures multicolores : 3 m. 20 cent. sur 2 m. 60 cent. environ.

215 — Tapis indo-persan ancien, fond brique; bordure paille; dessins à branchages en polychrome.

216 — Tapis de galerie ancien Daghestan, fond bleu.

217 — Tapis de prières ancien Daghestan, fond bleu, à bordures crème.

218 — Petit tapis ancien Boukara, fond rouge.

219 — Portière ancienne en Karamanide, 3 m. 10 cent. sur 1 m. 30 cent.

220 — Deux grandes portières en toile ancienne de Gênes, dessin à fleurs, arbres et oiseaux.

221 — Couvre-lit portugais en toile brodée de soie.

222 — Couvre-lit ancien, portugais, à fleurs multicolores.

223 — Lot de vingt-cinq pièces, morceaux d'étoffes brodées et brochés. (Sera divisé.)

224 — Lot de rideaux et décors de fenêtres en lampas.

225 — Sous ce numéro, seront vendus les objets omis au catalogue.

RED. :

16

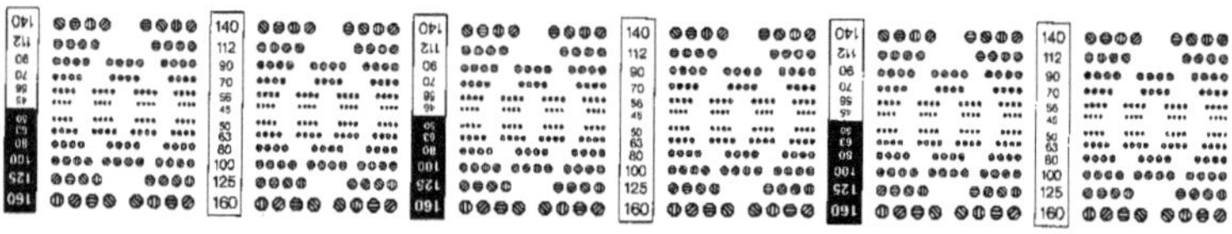

www.ingramcontent.com/pod-product-compliance
Lightning Source LLC
LaVergne TN
LVHW010015230826
846092LV00002B/823

9782329637792